GERMANIA

GERMANIA

La Retorcida Fantasía de Hitler

ANTHONY GORDON PILLA

ARPress
45 Dan Road Suite 5
Canton MA 02021

Línea directa: 1(888) 821-0229
Fax: 1(508) 545-7580

Información de pedidos:

Ventas al por mayor. Descuentos especiales están disponibles en compras al por mayor realizadas por corporaciones, asociaciones y otros. Para obtener detalles, póngase en contacto con el editor en la dirección mencionada anteriormente.

Impreso en los Estados Unidos de América.

ISBN-13:   Tapa blanda   979-8-89356-911-7
              eBook   979-8-89356-912-4

Número de Control de la Biblioteca del Congreso: 2024900511

CONTENIDO

PRÓLOGO

Esta obra es puramente ficticia. Reinterpreta la historia y presenta a los Estados Unidos en el papel de mediador en lugar de guerrero. Aunque este autor reconoce que Adolf Hitler fue un megalómano malévolo, mediante negociaciones hábiles, se salvan las vidas de seis millones en este relato de "qué hubiera pasado".

DEDICATORIA

Germania está dedicada a mi amigo muy especial, Alfred "MGM AI" Kalbfeld. En su juventud, AI sirvió a su país con honor. Ayudando a derrotar a la Alemania nazi de Hitler, recibió condecoraciones:

- Medalla de Servicio Europeo: una Estrella de Bronce y una Estrella de Plata.

- GO 90 HQ - 9.ª Fuerza Aérea - 1945.

- Bélgica Fourragere: Departamento de Guerra - 1945.

Buena Vida

Retratos
por

Courtney Christopher Amerson

Los siguientes periódicos fueron utilizados para contar e ilustrar la historia:

Germania – La Fantas a Retorcida de Hitler

Berlin Swastika
Boston Patriots
Budapest Twins
Cairo Pharaoh
Chimes of London
Dalles Sundial
Dresden Pulse
Helsinki Vanguard
Istanbul Crescent
Kiev Chicken
Liverpool Current
London Dispatch
Manchester Express
Manila Hemp
Moscow Kremlin
New York Eagle

Nürnberg Iron Cross
Pan American Union
Paris Maginot Line
Peking Duck
Pittsburg Hardhats
Plymouth Evening Star
Rome Fascist
St. Louis Blues
Stockholm Dove
Tokyo Rising Sun
Vienna Waltz
Voice of Chicago
Voice of Munich
Washington Digest
White Cliffs of Dover
World Jewish Congress

Agradecimientos
Excelente Referencia:
AUGE Y CAÍDA DEL TERCER REICH
Por William L. Shirer
Simon & Schuster, Nueva York, 1960

RESUMEN

Fantasía Retorcida

Los primeros días de los Juegos Olímpicos llenaban de orgullo a todos los alemanes por la victoria de su juventud nórdica que ganaba medallas para Alemania. El señor Hitler convocó a fiestas, cenas y eventos. Después de la cena de Estado de Hitler, se retiró por el resto de la noche. Durante su sueño, su mente lo llevó en un viaje entre el Bien y el Mal.

Verás la versión de Hitler de la Segunda Guerra Mundial mientras su mente neurótica revela su fantasía retorcida.

JUEGOS OLÍMPICOS DE BERLÍN – 1936

¡VICTORIA NÓRDICA ALEMANA!

ADOLF HITLER ENCANTADO

El señor Hitler se jactó de que nuestras victorias alemanas hoy son solo el comienzo. Nosotros, de la Raza Aria, mostraremos al mundo nuestra superioridad en los próximos días. ¡La Providencia ha elegido a nuestros arios alemanes para ser la

The Voice of Munich

Edicion En Ingles

Calido   -   Munich, Alemania   -   5 de Agosto de 1936

HEIN GANA EL ORO

PARA

ALEMANIA!

DRESDEN PULSE

EDICION EN INGLES

CALIDO	DRESDEN, ALEMANIA	5 DE AGOSTO DE 1936

JÓVENES ALEMANES GANAN MEDALLAS DE ORO Y PLATA EN LOS JUEGOS OLÍMPICOS DE BERLÍN

El Führer ha ordenado suntuosas exhibiciones de entretenimiento en todo Berlín. Altos líderes nazis están planeando grandes fiestas para los visitantes olímpicos. Se han programado eventos durante toda la duración de los juegos de verano.

Cancilleria del Reich

5 de agosto de 1936

A los Oficiales del Equipo:

Están cordialmente invitados a enviar a 5 miembros de su personal a una cena en la Cancillería el 7 de agosto a las 8 p.m. Siempre en amistad.

Atentamente,
RSVP

Adolf Hitler

"

JUVENTUD DE HITLER
APOYA A ⊕ LOS EQUIPOS OLÍMPICOS

COMITÉ OLÍMPICO INTERNACIONAL

8 de agosto de 1936

Herr Hitler:

Se ha llamado mi atención de que a los atletas alemanes ganadores de medallas de oro se les invita a su palco de revisión para recibir sus felicitaciones personales. Al mismo tiempo, un ganador afroamericano fue ignorado por usted al abandonar el estadio. Las reglas del COI establecen que todos los ganadores deben ser homenajeados o ninguno.

Por orden del COI
Presidente Baillet-Latour

> Reacción de Hitler:
> No ofreceré felicitaciones
> personales a ningún atleta.

RESUMEN

Lebenstraum

La idea de expandir el "espacio vital" de Alemania fue una obsesión ardiente de Adolf Hitler. Desde sus primeros escritos en *Mein Kampf*, destacó este concepto. Ahora que es Canciller de la Alemania nazi, hizo de "Lebenstraum" una prioridad principal de su sueño de dominar Europa. ¡Alemania debe mirar hacia el este! ¡Primero Austria y Sudetenland, y segundo Polonia y Rusia eslavas!

VIENNA WALTZ

Edición En Inglés

FRESCO   VIENA, AUSTRIA   13 DE ABRIL DE 1938

ANEXIÓN ALEMANA DE AUSTRIA

En un discurso del 20 de febrero de 1938, Adolf Hitler prometió protección a diez millones de alemanes que vivían fuera del Reich. Alemania emitió un ultimátum al Canciller austriaco Schuschunigg para que renunciara. El nuevo Canciller austriaco Seyss-Inquart apeló a Hitler para enviar tropas y restablecer el orden. ¡El 12 de marzo, las tropas alemanas invadieron nuestro país! No se ofreció resistencia. El Canciller Seyss-Inquart proclamó nuestra unión con Alemania. El 12 de abril se celebró un plebiscito que resultó en un 99.5% de votos a favor de la unión con Alemania.

Justo — Berlin - Alemania — 23 de septiembre de 1938

CRISIS ALEMANA-CHECA

El discurso de Herr Hitler en Núremberg el 12 de septiembre exigía a los líderes de Praga que otorgaran el derecho de "autodeterminación" a los alemanes que vivían en la región de los Sudetenland en Checoslovaquia.

El Primer Ministro británico Neville Chamberlain propuso una conferencia personal con el Führer.

Reunión en Berchtesgarden el 15 de septiembre: Herr Hitler le dijo a Chamberlain que quería anexar los Sudetenland a Alemania. Hitler estaba dispuesto a arriesgar la guerra para lograr su objetivo.

Reunión en Godesberg el 22 de septiembre: Hitler exigió que se celebrara un plebiscito en los Sudetenland. Chamberlain consideró la demanda de Hitler como inaceptable y como una extensión injustificada de sus demandas originales.

The Chimes of London

Nítido   Londres, Inglaterra   1 de Octubre de 1938

DESTACADOS DEL PACTO DE MÚNICH

28 de Septiembre

Herr Hitler invitó a líderes europeos a una conferencia en Múnich, Alemania, para resolver la crisis en Checoslovaquia.

29 de Septiembre

Principales líderes en la conferencia
     Adolf Hitler – Alemania
     Benito Mussolini – Italia
     Edouard Daladier – Francia
     Neville Chamberlain – Gran Bretaña

Tema:

¿Sudetenland: Checa o del Reich?

1 de Octubre

Acuerdo:

1. Hitler obtuvo todo lo que exigió.
2. Evacuación checa de todo el Sudetenland a realizarse entre el 1 y el 10 de octubre de 1938.
3. Francia y Gran Bretaña garantizarían las nuevas fronteras de Checoslovaquia.
4. El gobierno de Praga fue instado a aceptar el acuerdo.

Chamberlin en el No. 10 de Downing Street: "Paz en Nuestro Tiempo.

ALEMANIA DEBE MIRAR HACIA EL ESTE
¡POLÍTICA DE "LEBENSTRAUM" DE HITLER!

1938 – ANEXIÓN DE AUSTRIA
1939 – ANEXIÓN DEL SUDETENLANDIA (1)
1940 – ANIQUILACIÓN DE CHECOSLOVAQUIA (2)

EDCION EN INGLES

NITIDO   ·   DRESDEN, ALEMANIA   ·   30 DE AGOSTO DE 1939

PACTO DE NO AGRESIÓN ALEMÁN-SOVIÉTICO

Durante la semana del 15 al 21 de agosto, intensas comunicaciones diplomáticas y visitas entre líderes de Berlín y Moscú produjeron un pacto entre nuestros dos países que fue firmado el 21 de agosto de 1939.

Disposiciones del tratado:

1. Los estados bálticos se unirán a la U.R.S.S.

2. Bessarabia será devuelta a Rusia (dada a Rumania en el tratado de 1919).

3. La diplomacia alemana se utilizará para influir en una mejora de las relaciones ruso-japonesas.

4. Polonia será repartida entre Alemania y la Unión de Repúblicas Socialistas Soviéticvas.

| Cálido | París, Francia | 2 de Septiembre de 1939 |

ALEMANIA + RUSIA INVADEN POLONIA

1 de Septiembre de

 = ALEMANES    = RUSOS

ÚLTIMAS NOTICIAS
FRANCIA Y REINO UNIDO DECLARAN LA GUERRA A ALEMANIA
¡COMIENZA LA SEGUNDA

Nublado	Tokio, Japón	28 de septiembre de 1940

PACTO DE LAS 3

Herr Hitler anunció que el Duce italiano Benito Mussolini y nuestro príncipe Fumumaro Konoye, Primer Ministro de Japón, reunidos en Berlín, concluyeron un pacto de tres potencias comprometiéndose a brindar ayuda total a todos los miembros durante un período de diez años. ¡El objetivo del pacto es promover la prosperidad de todos los pueblos!

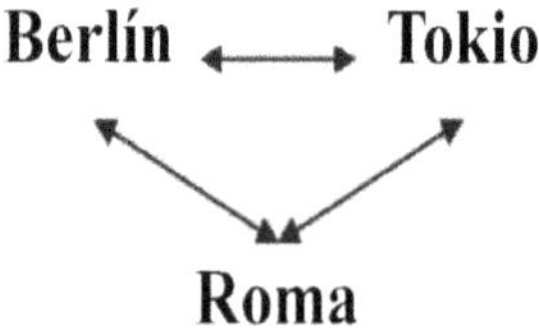

PODERES DEL EJE

Las tres potencias contratantes prometieron además asistencia mutua en caso de que alguna de ellas se viera involucrada en una guerra con una potencia que no fuera entonces beligerante.

| Despejado | Dover, Inglaterra | 4 de octubre de 1940 |

SITZKREG: 1939 – 1940
"Guerra Sentada" - Nazis
"Guerra Falsa" - británicos

Después de la disposición de Polonia por parte de los nazis y los soviéticos, ambos bandos llamaron a la paz en Europa. Después de que Francia y Gran Bretaña declararon la guerra, pero nunca atacaron a Alemania, la opinión pública comenzó a llamar a esto una "guerra extraña". Franceses y alemanes se enfrentaron, pero no hubo acción. Los submarinos alemanes hundieron barcos británicos, pero Hitler ordenó a su ejército que avanzara lentamente. El frío extremo del invierno del '39-'40 paralizó los preparativos militares. Solo la breve guerra soviético-finlandesa perturbó la paz de Europa. Hitler afirmó que no tenía objetivos de guerra contra Francia y Gran Bretaña y llamó a una conferencia de paz europea. El Führer emitió discretamente la Directiva Nº 6 "Prepararse para la Guerra". El Primer Ministro Chamberlain instó a Hitler a dar pruebas, no palabras, de paz. Todos sabemos que el ejército de Hitler ocupó Dinamarca y Noruega. ¿Serán los Países Bajos los siguientes? **¡ASÍ TERMINA EL SITZKRIEG!**

RESUMEN

Oktoberfest Blitzkrieg...

Utilizando la excusa de que el Reich debe proteger a Dinamarca y Noruega de una invasión anglo francesa, Hitler ordenó una ocupación repentina. Gran Bretaña y Francia intentaron repeler el Blitzkrieg pero fracasaron. Luego, Hitler ordenó: La Victoria del Oeste. Los Países Bajos cayeron seguidos por Francia. La fuerza militar combinada anglo-francesa tuvo que rendirse en Dunkerque. Sin embargo, como verán, un milagro cambiará el curso de la historia.

BLITZKRIEG DE OKTOBERFEST
FIN DEL SITZKRIEG

Columnas de tropas de la Wehrmacht cruzaron a Dinamarca y ocuparon sin resistencia.

Divisiones navales y aerotransportadas alemanas descendieron sobre Noruega.

Anglo-francesas Expedicionarias Fuerzas desembarcaron en el sur de Noruega

Fuerzas alemanas obligaron a las anglo-francesas a retirarse

NOTICIAS GLORIOSAS...

LA SUPERIORIDAD DE LAS TROPAS ALEMANAS QUEBRÓ LA RESISTENCIA DEL MOVIMIENTO NORUEGO.

Dinamarca y Noruega son ahora parte de Alemania

Nürnberg Iron Cross

EDICIÓN EN INGLÉS

| Lluvia | Núremberg, Alemania | 6 de Octubre de |

ALEMANIA INVADE DINAMARCA Y NORUEGA

LAS FUERZAS ARMADAS DEL TERCER REICH MARCHARON POR LAS CALLES DE COPENHAGUE HACIA EL PALACIO REAL DANÉS

LOS SORPRENDIDOS CIUDADANOS DANESES PERMANECIERON DE PIE Y OBSERVARON CÓMO NUESTRAS TROPAS ENTRABAN EN SU CIUDAD.

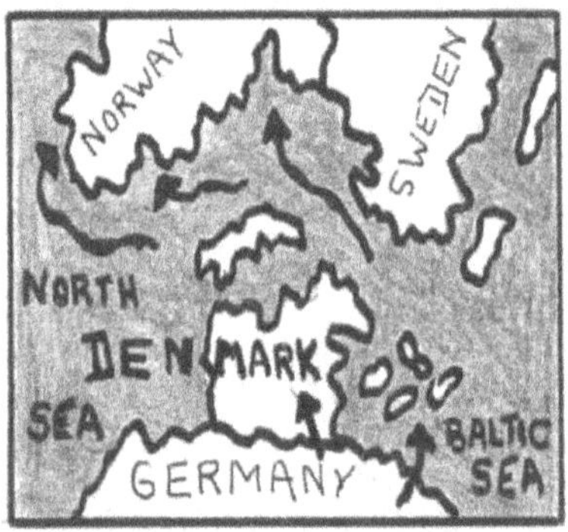

Anuncio del Ministerio de Guerra:

Las centrales telefónicas y estaciones de radio fueron tomadas por el Gobierno Quisling. Las fuerzas aéreas alemanas controlan los puertos de Noruega.

The Chimes of London

Justo — Londres, Inglaterra — 7 de Octubre de 1940

UNIDADES NAVALES BRITÁNICAS ATACARON BUQUES ALEMANES EN NARVIK, NORUEGA
¡RECUPERADO EL PUERTO DE NARVIK!

Las fuerzas expedicionarias anglo-francesas se vieron obligadas a retirarse de Noruega debido a las tropas alemanas reforzadas.

El Comisario del Reich Alemán para Noruega, Joseph Terboven, nombró a Vidkun Quisling "Ministro-Presidente" de la Noruega ocupada.
Quisling abolió la constitución noruega y se nombró a sí mismo

DICTADOR DE NORUEGA

QUISLING AHORA SIGNIFICA TRAIDOR

PARIS MAGINOT LINE

EDICIÓN EN INGLÉS

Lluvia	París, Francia	29 de Octubre de 1940

LAS FUERZAS ALEMANAS LANZAN INVASI N REL MPAGO DE LOS PA SES BAJOS B LGICA Y LUXEMBURGO

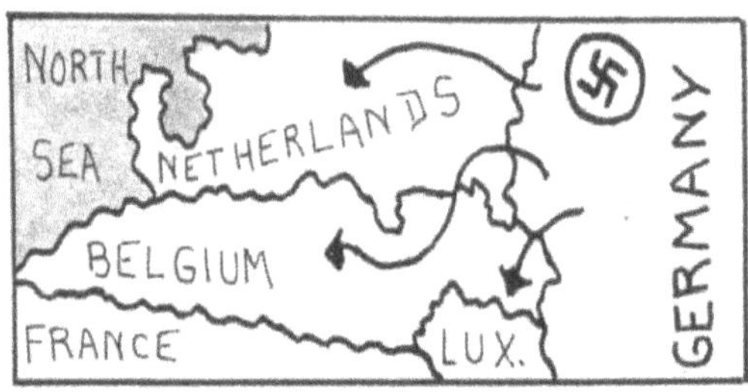

LAS FUERZAS FRANCESAS Y BRITÁNICAS ASISTEN
A LA RESISTENCIA BELGA.
ROTTERDAM SE RINDE TRAS
ATAQUES AÉREOS EXTERMINADORES.
¡EL EJÉRCITO HOLANDÉS DEJA DE RESISTIRSE!

¿PROTEGERÁ LA GRAN LÍNEA
MAGINOT A FRANCIA?

VOICE OF CHICAGO

Campaña presidencial de 1940
Aspectos destacados de la Convención

La Convención Republicana se reunió en Filadelfia el 28 de junio. Wendell L. Willkie ganó la nominación para presidente. En un acuerdo en "la sala trasera", se eligió al popular héroe estadounidense, Charles A. Lindbergh, para ser su vicepresidente. A Lindbergh se le darán "amplios poderes" en asuntos exteriores.

El 18 de julio, los Demócratas, aquí en Chicago, nominaron para un tercer mandato a Franklin D. Roosevelt. ¡FDR se comprometió a mantener a América fuera de las guerras extranjeras!

CAMINO DE LA CAMPAÑA

Willkie 'n Lindy - dos mandatos son suficientes para Washington, son suficientes para FDR - ¡dos mandatos merecen otro!

SEGUIMIENTO DE ENCUESTAS		
DATE	FDR	WLW
Agosto	67.3	32.7
Septiembre	56.6	43.4
Octubre	53.5	46.5
Noviembre	50.1	49.9

26 de junio, 1940

MEMORANDO DE ENTENDIMIENTO
ENTRE
WENDELL L. WILLKIE Y CHARLES A. LINDBERGH

Yo, Charles A. Lindbergh, aceptó apoyar a Wendell Willkie para la nominación como presidente en la Convención Republicana en Filadelfia el 28 de junio de 1940.

Yo, Wendell L. Willkie, seleccionaré a Charles A. Lindbergh como mi compañero de fórmula para la vicepresidencia si soy nominado por nuestro partido. Además, acepto otorgarle a mi vicepresidente amplios poderes en la conducción de asuntos exteriores.

5°C Cálido   St. Louis, Missouri   6 de Noviembre de

WENDELL WILLKIE DERROTA A FDR

LOS REPUBLICANOS CAPTURAN EL CONTROL DEL CONGRESO

VOTO POPULAR	VOTO ELECTORAL
WLW: 24,371,861	WLW: 283
FDR: 23,563,952	FDR: 252

LOS REPUBLICANOS CAPTURAN EL CONTROL DEL CONGRESO

EDITORIAL

Los votantes estadounidenses querían un
nuevo equipo - "desde la base"
Willkie y **Lucky Lindy**
Hombres con NUEVAS VISIONES.

Justo | París, Francia | 7 de Noviembre de 1940

PARÍS DECLARADA
UNA
"CIUDAD ABIERTA"

Edición En Inglés

Nítido   Núremberg, Alemania   Noviembre 28, 1940

BLITZKRIEG DE OKTOBERFEST

★ LA GUERRA B+B ★

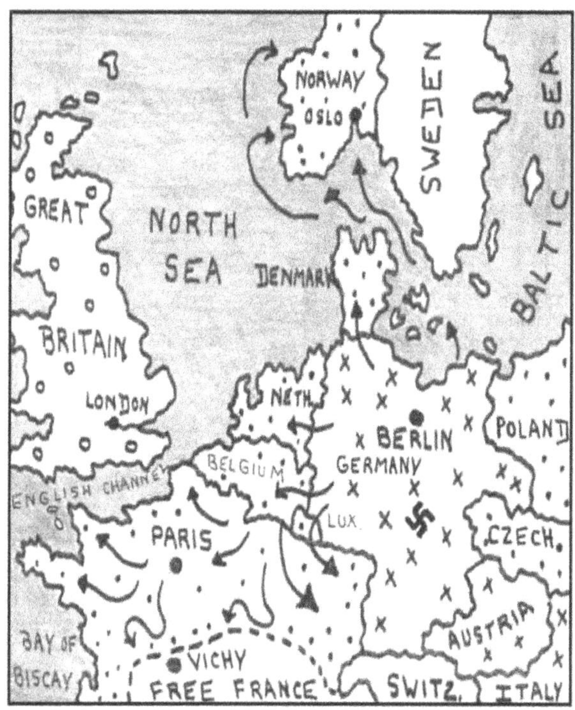

VICTORIA EN EL OESTE

 =Potencias del Eje    =Potencias Aliadas

 =Potencias del Eje Ocupadas   =Naciones Neutrales

Nürnberg Iron Cross ✠

Edición En Inglés

Frío   Nurnberg, Alemania   Noviembre 30,1940

MOMENTOS DESTACADOS DE LA GUERRA EN EL

LÍNEA DE TIEMPO DE EVENTOS

Nov 3 - Las fuerzas alemanas invaden Francia

Nov 4 - Caída de Bruselas

Nov 5 - Italia declara la guerra a Francia

Nov 7 - París declarada una "Ciudad Abierta"

Nov 10 - Las fuerzas alemanas capturan París

Nov 15 - Tropas británicas y francesas en Dunkerque

Nov 22 - El Mariscal Henri Petain pide un armisticio a
Hitler

Nov 23 - El Führer acepta un armisticio

Nov 27 - El Rey Leopoldo III ordena a las fuerzas belgas
capitular

Nov 28 - El armisticio entre Francia y Alemania se firma en
Compiègne, Francia. Francia acepta desarmarse y
rendir 3/5 de su territorio

Nov 29 - Se crea un gobierno francés en Vichy. El Mariscal
Petain y Pierre Laval se convierten en títeres
gobernantes.

New York Eagle

¡RINDICIÓN EN DUNKERQUE!

Con la espalda contra el Canal de la Mancha, 250,000 tropas británicas y 120,000 tropas francesas quedaron atrapadas en una estrecha playa llamada Dunkerque. Mientras luchaban desafiante, esperando un milagro, las 1ra y 2da divisiones acorazadas del General Heinz Guderian resultaron ser demasiado poderosas, lo que resultó en una pérdida total ante las fuerzas alemanas superiores.

¿El Milagro de Dunkerque?

En las recientes elecciones presidenciales, el popular defensor de la paz, Charles A. Lindbergh, fue elegido vicepresidente. Lindbergh hizo un llamado al Herr Hitler y a Gran Bretaña para negociar el fin de esta guerra.

New York Eagle

¡El Milagro de Lindbergh!

En un frenesí de cables transatlánticos enviados el 3 de diciembre a Hitler, el Duque de Windsor, Mussolini, el Papa Pío XII y el Rey de Suecia, el vicepresidente electo pudo organizar una cumbre de diplomáticos anglo-alemanes que se llevaría a cabo en Estocolmo los días 6 y 7 de diciembre de 1940. El Rey de Suecia será el anfitrión de esta conferencia en el Palacio Real. Dado que Charles A. Lindbergh no tiene poderes hasta su inauguración el 20 de enero de 1941, su asistencia será solo como observador. El Canciller Hitler aceptó la idea de Lindbergh solo si Gran Bretaña envía al ex Rey Eduardo VII, ahora Duque de Windsor, y al ex Primer Ministro Neville Chamberlain a Estocolmo. El Primer Ministro Winston Churchill exigió que el Parlamento rechazara esta idea. Para sorpresa de Churchill, el Parlamento, bajo una intensa presión para devolver al B.E.F., votó a favor de asistir

Edición En Inglés

| Frío | Estocolmo, Suecia | 7 de Diciembre de |

TRATADO DE ESTOCOLMO

Después de dos días de intensas conversaciones, Alemania y Gran Bretaña acordaron los términos de paz. Nuestro Rey anunció que la firma del tratado tendrá lugar esta noche a las 8 PM en la Sala de Estado del Palacio Real.

TÉRMINOS DEL ACUERDO

ALEMANIA

1. Devolución del B.E.F. a Gran Bretaña
2. Fin del bloqueo naval
3. Libertad de los mares
4. Tropas francesas a Vichy
5. Libre comercio mundial
6. Política de éxodo para todos los judíos europeos a la tierra natal en Palestina: adherirse a la Declaración de Balfour de 1917.

GRAN BRETAÑA

1. Política de neutralidad
2. Libre Irlanda neutral, India, Australia, Canadá, Nueva Zelanda y Sudáfrica
3. Gibraltar a España
4. Islas Malvinas a Argentina
5. Malta a Italia
6. Chipre a Turquía
7. Islas del Canal a Alemania
8. Hong Kong y Singapur a Japón

CONCLUDING REMARKS:

Canciller Hitler:

Quiero expresar mi admiración por el Imperio Británico, por la necesidad de su existencia y por la civilización que Gran Bretaña ha traído al mundo. Todo lo que quiero de Gran Bretaña es que reconozca la posición de Alemania en el continente europeo.

Duque de Windsor:

Quiero rendir un homenaje especial al deseo de paz del Führer, que está en completo acuerdo con mi punto de vista. Estoy firmemente convencido de que, si hubiera sido rey, nunca habría llegado la guerra.

THE WHITE HOUSE
WASHINGTON, D.C.

Fecha: 8 de diciembre de 1940
Para: Vicepresidente Lindbergh
De: Presidente Willkie
Asunto: Asuntos Exteriores

Quisiera expresar mi máximo placer por tu papel en

el asunto de Estocolmo. ¡Tú participación como

mediador contribuyó al Milagro de Dunkerque! Por lo

tanto, estoy ampliando el alcance de tu papel para

incluir tu representación en todas las cumbres y

conferencias. Todo lo que te pido es que me mantengas

informado sobre todos los aspectos de tu

participación. Mi principal preocupación es que

mantengas a América fuera de las guerras y

desarrolles una relación de trabajo con las Potencias

del Eje.

Washington Digest

Ventoso   Washington, D.C.   Diciembre 8, 1940   5c

ÚLTIMAS NOTICIAS...
GRAN BRETAÑA RINDE SUS COLONIAS
A LAS POTENCIAS DEL EJE

Términos del
TRATADO DE PAZ
ANGLO-ALEMÁN
ESTOCOLMO

LIVERPOOL CURRENT

Rain   Liverpool, England   December 8, 1940

¡LONDRES EN "GRAVE TURBULENCIA" POR EL TRATADO!

MILES DE CIUDADANOS ENFURECIDOS ASALTARON HYDE PARK PARA

Manchester Express

Fresco   Manchester, Inglaterra   9 de Diciembre de 1940

PROFUNDAS PROTESTAS EN TODO EL REINO UNIDO

CONFLICTOS EN AUGE SOBRE EL TRATADO DE PAZ ANGLO-NAZI

"SENTADAS" REPORTADAS EN EL PALACIO DE BUCKINGHAM Y LA PLAZA TRAFALGAR. GRANDES MANIFESTACIONES EN HYDE PARK.

EL PARLAMENTO BAJO PRESIÓN: TELEGRAMAS, CARTAS, PETICIONES Y MENSAJES TELEFÓNICOS SE VIERTEN EN EL PARLAMENTO POR MILES. LOS INFORMES INDICAN QUE:
55% SON A FAVOR DEL TRATADO
45% ESTÁN EN CONTRA DEL TRATADO
LA MAYORÍA DE LOS EDITORIALES SON CONTRARIOS AL TRATADO
¡MADRES CONTRA LA GUERRA: ¡EN AUMENTO!

Plymouth Evening Star

Despejado — Plymouth, Inglaterra — 9 de Diciembre de 1940

GUERRA VERBAL EN EL PARLAMENTO ¡POR EL TRATADO DE PAZ DE ESTOCOLMO!

M.P.'S GRITANDO:

VENDERSE A LOS NAZIS - BRITANNIA AÚN DOMINA LOS MARES - DALE UNA OPORTUNIDAD A LA PAZ - INGLATERRA PRIMERO - SALVEN A NUESTROS CHICOS DE LA B.E.F. - NUEVA ERA OSCURA - YA NO ES NUESTRA MEJOR HORA - LA NEUTRALIDAD ES BUENA PARA AMÉRICA: SUFICIENTE PARA GRAN BRETAÑA - ¡TRAIGAN A CASA A LOS 250,000 TROPAS!

London Dispatch

Lluvia   Londres, Inglaterra   10 de Diciembre de 1940

POR UN MARGEN DE VEINTE VOTOS, EL PARLAMENTO APRUEBA EL TRATADO

ATÓNITO, WINSTON CHURCHILL SALIÓ ENFURECIDO DE LA CÁMARA DE LOS COMUNES Y REGRESÓ A LA RESIDENCIA DEL PRIMER MINISTRO EN 10 DOWNING ST.

CHURCHILL INFORMÓ DE INMEDIATO AL REY JORGE VI QUE IBA A "RENUNCIAR" COMO PRIMER MINISTRO.

London Dispatch

Neblina Londres, Inglaterra 11 de Diciembre de 1940

¡CHURCHILL RENUNCIA!

En una alocución radiofónica a la nación, Winston Churchill declaró que ahora ha caído el telón sobre el Imperio Británico.

"Nunca estaré de acuerdo con la rendición de nuestra herencia ante alguien como Adolf Hitler. Por lo tanto, me retiraré del servicio público y volveré a la vida privada en Chartwell, para meditar junto al estanque y disfrutar de mi alegría de toda la vida: ¡la pintura!"

London Dispatch

Neblina | Londres, Inglaterra | 11 de Diciembre de 1940

CHAMBERLAIN RETORNA COMO PRIMER MINISTRO

A petición urgente del Duque de Windsor y ante la fuerte demanda del estado de ánimo pacifista del Parlamento, el Rey Jorge VI llamó a Neville Chamberlain para formar un nuevo gobierno y dirigir al Reino Unido hacia una política de neutralidad en asuntos mundiales. Así, Gran Bretaña se unió a Estados Unidos en un camino angloamericano de neutralidad. En el Parlamento, las palomas de Chamberlain vencieron a los halcones de Churchill y aprobaron a Chamberlain como el nuevo Primer Ministro de Gran Bretaña.

DIOS SALVE AL REY

London Dispatch

Despacho exclusivo...

Cancilleria del Reich

13 de diciembre de 1940

Chamberlain:

En nombre del pueblo alemán, que comparte mucho con el pueblo inglés, le deseo éxito como Primer Ministro.
Para mostrar que estoy buscando una nueva relación angloamericana, he emitido las siguientes directivas:

1. El bloqueo de submarinos a Gran Bretaña cesará a partir de las 06:00 GMT del 14 de diciembre.
2. Todos los soldados del B.E.F. serán liberados a las 08:00 GMT del 14 de diciembre. La Armada británica tendrá paso seguro para recoger a los 250,000 soldados.
3. ¡Se llevarán a cabo mutuamente todos los acuerdos de Estocolmo!

Atentamente,
Adolf Hitler

Washington Digest

Frío   Washington, D.C.   16 de Enero de 1941

ADIÓS EN EL ÚLTIMO DIÁLOGO DEL FUEGO A LOS ESTADOUNIDENSES POR PARTE DE FDR

Los cimientos de nuestra república se basan en los principios fundamentales de libertad y democracia. El pasado noviembre, la voluntad del pueblo estadounidense se expresó con el deseo de tener un nuevo capitán para nuestro barco del estado. Durante ocho años, me confiaste la dirección de nuestro barco a través de aguas turbulentas. Navegué por ellas durante la traicionera Gran Depresión, afirmando que lo único que tenemos que temer es el miedo mismo. Aunque las corrientes son más calmadas ahora, temo que los vientos están reuniendo nubes ominosas en el horizonte, que pueden poner a nuestro barco en peligro. El 20 de enero de 1941, un nuevo capitán debe guiarnos a través del mar enfurecido. Le rindo homenaje y que la Providencia le otorgue las habilidades para dirigir nuestro rumbo de manera segura. Adiós y que Dios bendiga a Estados Unidos.

Discurso de radio: 15 de enero

Boston Patriots 5¢

DISCURSO INAUGURAL DE WILLKIE

1. Enunció un corolario a la Doctrina Monroe: los continentes americanos son, de ahora en adelante, neutrales en todas las guerras de las Potencias europeas o asiáticas.
2. Pedirá a Hitler que cumpla su promesa de adherirse a la Declaración Balfour, que aboga por un hogar para los judíos.
3. Instará a todas las naciones neutrales a ayudar a los judíos en el éxodo hacia Palestina.
4. Solicitará al Congreso que admita a 100,000 judíos en América bajo las disposiciones de éxodo del Tratado de Estocolmo.
5. Tiene la intención de convertir a América en el arsenal de protección humanitaria para todas las víctimas oprimidas de la guerra.
6. Convocará a una cumbre de potencias del Eje y países neutrales para crear una carta de derechos humanos para todas las personas de tierras ocupadas.
7. Aseguró al pueblo estadounidense que nuestra postura militar será fuerte, modernizada y capaz de enfrentar todos los desafíos para nuestra defensa nacional.

FRIO   DRESDEN, ALEMANIA   2 DE MARZO DE 1941

EL PACTO DE LAS TRES POTENCIAS SE EXPANDE A SEIS POTENCIAS DEL EJE

La Cancillería del Reich anunció la expansión del Pacto de las Tres Potencias del Eje: Berlín-Roma-Tokio.

Hungría: 20 de noviembre de 1940
Rumania: 23 de noviembre de 1940
Bulgaria: 1 de marzo de 1941

**Canciller Adolf Hitler:
Todos los alemanes deberían alegrarse de ver nuestro apoyo en todo el mundo.**

HEIL HITLER

PITTSBURG HARDHATS 5¢

¿CUMBRE ENTRE ALEMANIA Y ESTADOS UNIDOS?

Los rumores están corriendo descontrolados en Washington, D.C. de que Adolf Hitler le gustaría encontrarse con el vicepresidente, a quien se le otorgó la Cruz de Servicio del Águila Alemana: Charles A. Lindbergh. Se han intercambiado numerosos cables transatlánticos. Se informó que el vicepresidente aceptó reunirse con el Canciller del Reich. El Secretario de Estado Thomas E. Dewey insinuó que una cumbre en los Azores podría tener lugar a mediados de junio.

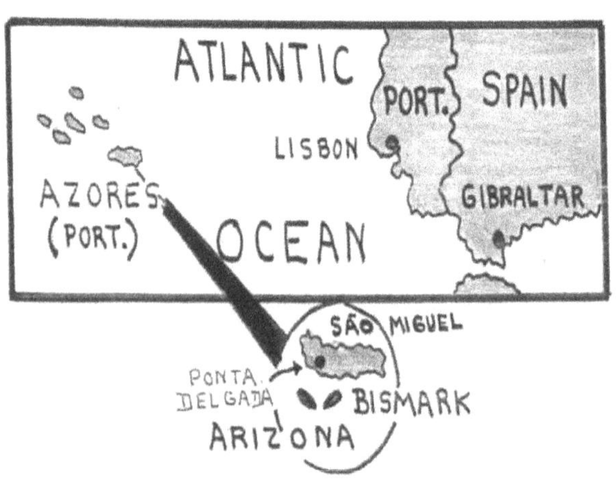

Dalles Sundial

Caluroso | Dalles, Texas | 7 de Junio de 1941

CHARTER DEL ATLÁNTICO

VICEPRESIDENTE LINDBERGH Y EL CANCILLER HITLER MANTUVIERON CONVERSACIONES EL 5 Y 6 DE JUNIO CERCA DE LOS AZORES EN LOS ACORAZADOS: ARIZONA Y BISMARCK.

ACUERDOS:

1. Libertad de los mares para todas las naciones del Eje y neutrales.
2. Trato humano y derechos básicos para todas las personas ocupadas.
3. Desarrollo de un plan de éxodo para los judíos europeos a Palestina. Por ahora, los judíos están restringidos a centros de detención bajo la supervisión de la Cruz Roja Internacional.
4. Las potencias neutrales deben respetar los asuntos gubernamentales de las naciones del Eje.
5. Las potencias del Eje deben dar plenas garantías a todos los neutrales: no intervención en todos los asuntos internos y externos.
6. Ambos líderes instaron a la formación de una organización internacional para mantener la paz y la seguridad mundial.

SINOPSIS

Operaci n Barbarossa

Con Francia derrotada y ocupada, y Gran Bretaña reducida al estatus de nación neutral, la única nación que bloqueaba a Hitler para convertirse en el dueño de Europa era Rusia. En la mente de Hitler, Rusia debía ser liquidada, ¡y cuanto antes, mejor! Barbarroja fue el código militar dado para la invasión. Para conquistar las vastas tierras rusas, Alemania necesitaba formar una coalición de potencias del Eje. La invasión se lanzó a las 0600 horas del 14 de septiembre de 1941.

MOSCÚ KREMLIN

Edición En Inglés

| Cálido | Moscú, U.R.S.S. | 15 de Septiembre de 1941 |

INVASIÓN ALEMANA

LAS POTENCIAS DEL EJE LANZAN UN FRENTE
DE 2,000 MILLAS DESDE EL MAR BLANCO
HASTA EL MAR NEGRO CON UNA FUERZA
MILITAR DE 121 DIVISIONES Y 3,000 AVIONES.
¡SE TOMAN 665,000 PRISIONEROS!

STALIN LLAMA A LA MOVILIZACIÓN GENERAL

HELSINKI VANGUARD

| Inglés | Helsinki, Finlandia | 18 de Septiembre de 1941 |

FINLANDIA

DECLARA LA GUERRA A LA
UNIÓN SOVIÉTICA

LAS TROPAS FINLANDESAS SE UNEN A LA OPERACIÓN BARBAROSSA E INVADEN RUSIA CON EL OBJETIVO DE CAPTURAR LENINGRADO

| Inglés | Kiev, Ucrania | 19 de Septiembre de 1941 |

UCRANIA SE UNE A LAS POTENCIAS DEL EJE

ACUERDO SECRETO:

DIPLOMÁTICOS Y LÍDERES MILITARES ALEMANES Y UCRANIANOS CELEBRARON 3 DÍAS DE CHARLAS SECRETAS EN UN RESORT OCULTO EN LAS MONTAÑAS DE LOS CÁRPATOS EL PASADO AGOSTO.

ELEMENTOS DEL ACUERDO:

1. El 3er día de la Operación Barbarossa, la Guardia Nacional Ucraniana y la Policía Estatal controlarían todas las formas de comunicación, ferrocarriles y centros de transporte. Se unirían a las unidades militares del Eje mientras capturan todas las áreas de Ucrania ocupadas por los soviéticos.

2. Después de la completa destrucción del régimen comunista soviético, Ucrania obtendría toda la tierra rusa al oeste de los Urales y al sur de Leningrado.

MUERTE A STALIN

Inglés   Helsinki, Finlandia   1 de Octubre de 1941

LENINGRADO - "CIUDAD ABIERTA"
¡LOS SOVIÉTICOS SE RINDEN!

Después de diez días de asedio militar, el general soviético Nikita Chuikov notificó al Cuartel General Finlandés que se rendiría en Leningrado y la declararía una "ciudad abierta" a partir de las 15:00 horas del 30 de septiembre de 1941.

HELSINKI RENOMBRÓ LA CIUDAD: ¡SAN PETERSBURGO!

CAÍDA DE STALINGRADO

COALICIÓN DE LAS FUERZAS DEL EJE: UCRANIA * ALEMANIA * RUMANIA * ITALIA Y BULGARIA OBLIGARON A 355,000 TROPAS SOVIÉTICAS A

¡RENDIRSE!

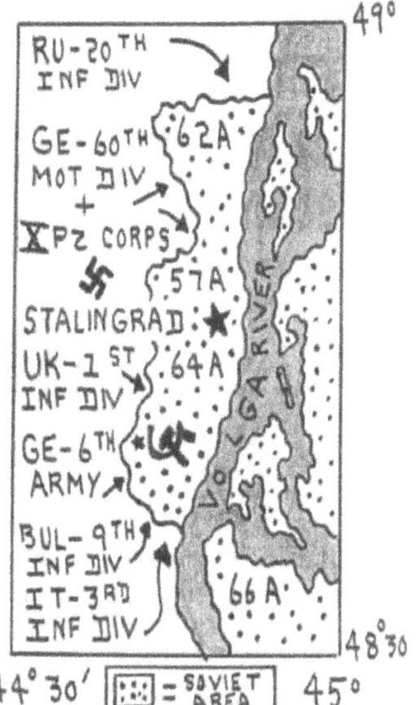

¡EL COLAPSO DE LA U.R.S.S. ¡ESTÁ A SOLO SEMANAS DE DISTANCIA!

Istanbul ☾★ Crescent

| Despejado | Estambul, Turquía | 5 de Octubre de 1941 |

TURQUÍA ATACA A LAS TROPAS SOVIÉTICAS EN GEORGIA - ARMENIA Y AZERBAIYÁN

OPERACIÓN BARBAROSSA - INVASIÓN DEL EJE DE LA U.R.S.S. LLAMA A LAS FUERZAS TURCAS PARA CAPTURAR LOS RICOS CAMPOS DE PETRÓLEO DE BAKU EN EL MAR CASPIO

RUMBO A MOSCÚ

ORDEN DE HERR HITLER: "RODEARLOS, DERROTARLOS, DESTRUIRLOS"

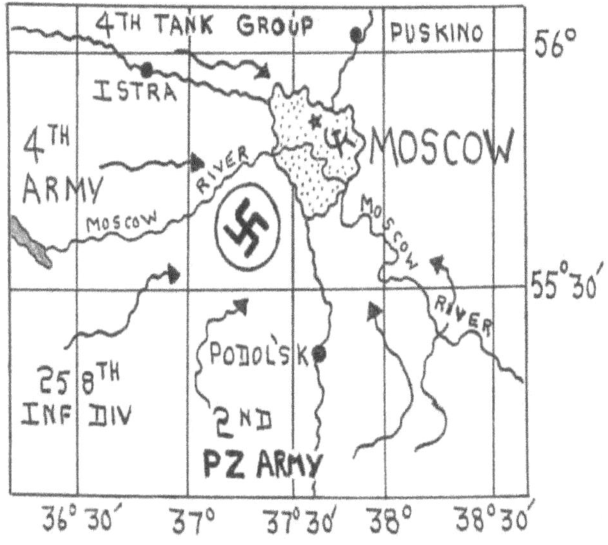

AL ALTO MANDO ALEMÁN:
DALE UN GOLPE A LA PUERTA Y TODA LA ESTRUCTURA PODRIDA SE VENDRÁ ABAJO.

ADOLF HITLER

MOSCÚ KREMLIN

Edición En Español

Justo	Moscú, U.R.S.S.	9 de Octubre de 1941

¡LA LUFTWAFFE DE GOERING BOMBARDEA MOSCÚ!

DÍA 1

¡VIVA LÁ MADRE RUSIA!

MOSCÚ KREMLIN

Edición En Español

Justo — Moscú, U.R.S.S. — 10 de Octubre de 1941

¡MOSCÚ EN LLAMAS!

DÍA 2

MOSCÚ KREMLIN

Edición En Español

| Suave | Moscú, U.R.S.S. | 20 de Octubre de 1941 |

¿RASPUTIZA?

Se informó al Kremlin de Moscú que el presidente Joseph Stalin fue escuchado gritando a sus asesores meteorológicos: "¿Dónde está la Rasputiza? ¿Y el general favorito de la Madre Rusia, el General Invierno?"

Para los lectores, el presidente Stalin se refería a las lluvias anuales de octubre, que marcan el período del barro. Esto ralentizaría la Operación Tifón de Hitler hasta prácticamente detenerla. Este tiempo precioso permitiría que el General Invierno impactara la maquinaria de guerra nazi y protegiera a Rusia con un invierno severo. ¿Recuerdan la Conquista de Moscú por Napoleón? El invierno de 1812 resultó ser un desastre para el ejército francés en retirada.

Berlin Swastika — Edicion En Espanol

| Lluvia | Berlin, Alemania | 24 de Octubre de 1941 |

¡MOSCÚ CAPTURADA!

STALIN HUYE DE LA CIUDAD
MARISCAL SOVIETICO PIDE UN ARMISTICIO

RENDICIÓN DE SMOLENSK:

La rendicion del Ejercito Sovietico por el Mariscal Zingkof, Comandante Supremo Sovietico, fue firmada a las 13:50 hrs. el 23 de octubre de 1941. El General Alfred Jodl, Jefe de Estado Mayor de la Wehrmacht, firmo en nombre de Alemania y todas las demas potencias del Eje.

TERMINOS DE LA RENDICION:

1. Se establecera una linea de armisticio a lo largo de los Montes Urales el 29 de octubre de 1941.
2. Todo el personal militar sovietico sera desarmado y se trasladara a la tierra eslavica libre, al igual que los civiles.
3. Toda la tierra sovietica, excepto Leningrado, se convertira en parte de Ucrania.

DISCURSO DE HITLER AL MUNDO
ANOCHE, EL SR. HITLER LE DIJO AL MUNDO QUE LA PAZ EN EUROPA ESTÁ FINALMENTE SOBRE NOSOTROS.

Inglés   Kiev, Ucrania   31 de Octubre de 1941

OPERACIÓN BARBAROSSA -
¡DERROTA A LA UNIÓN SOVIÉTICA!

COALICIÓN DE LAS FUERZAS DEL EJE:
(1) ITALIA (2) BULGARIA (3) RUMANÍA (4)
ALEMANIA (5) UCRANIA (6) FINLANDIA (7)
TURQUÍA

LOS RUSOS DESARMADOS PUEDEN VIVIR EN LA F.S.I.
AL ESTE DE LA LÍNEA DE ARMISTICIO ACORDADA.

PODERES DEL EJE
Oficina de Información Pública
Comunicado de prensa
31 de enero de 1942

ACUERDOS DE YALTA
12 al 30 de enero de 1942

Los principales líderes de los victoriosos poderes del Eje sobre la Unión Soviética comunista se reunieron en Yalta, Crimea, para discutir planes de restablecimiento de la paz y el orden en la derrotada U.R.S.S.

DECISIONES TOMADAS:

1. Se creará un Consejo de Ministros de Relaciones Exteriores, representando a: Alemania, Italia, Finlandia, Hungría, Rumania, Bulgaria, Ucrania y Turquía, para continuar con la tarea de redactar acuerdos de paz.

(página uno de dos)

2. Condiciones para la antigua Unión Soviética:

A) Desarme y desmilitarización.

B) Disolución del Partido Comunista.

C) Juicio a los criminales de guerra.

D) Restauración de las autoridades civiles locales.

E) Seguridad militar.

F) Los rusos tienen una elección: vivir en Ucrania o reubicarse en la F.S.L. (Free Slavic Land – Tierras eslavas libres).

3.A los vencedores les pertenecen los despojos.

A) Finlandia recibirá Leningrado y los Estados Bálticos.

B) Ucrania ganará la antigua Rusia, desde la U.R.S.S. hasta los Urales.

C) Alemania recibirá las tierras polacas ocupadas por la Unión Soviética en la invasión de Polonia en 1939.

D) Alemania, Hungría, Rumanía, Bulgaria y Turquía recibirán anualmente el 15% de la producción de petróleo de Bakú, y Ucrania el 25%.

(página dos de dos)

Nürnberg Iron Cross

Edición En Español

| Despejado | Nuremberg, Alemania | 22 de Junio de 1942 |

DIRECTIVA DE HITLER: MOSCÚ - NO MÁS

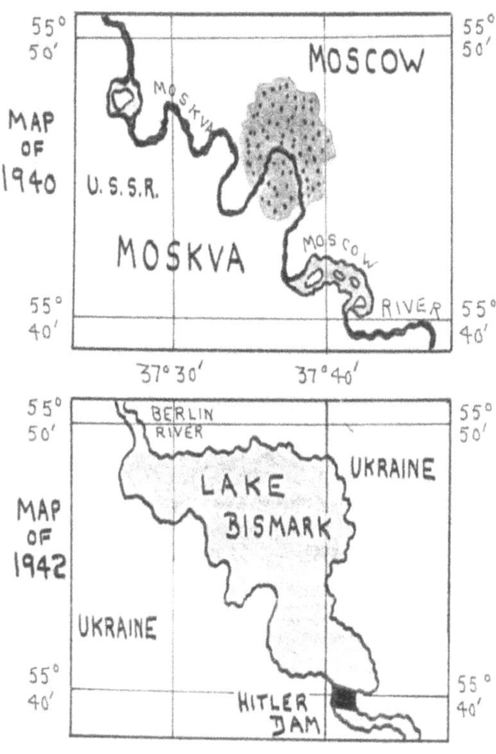

SR. HITLER:
"Este es mi momento más destacado".

RESUMEN

Cumbre del Pacifico

Mientras los nazis de Hitler consolidaban su poder en Europa, el ejército japonés libraba guerras agresivas en el continente asiático.

El vicepresidente Lindbergh, preocupado por la seguridad de los estadounidenses en Asia, convocó a una cumbre con el emperador Hirohito para buscar una convivencia pacífica.

OFFICE OF VICE PRESIDENT
EE. UU.
Washington, D.C.

<u>SUPER SECRETO</u>

9 de enero de 1942

Chanciller Hitler:

Quiero llamar su atención sobre mis preocupaciones respecto a las recientes acciones militares agresivas de Japón en el continente asiático. Me preocupa especialmente la seguridad de nuestros ciudadanos estadounidenses que viven, trabajan o visitan el Lejano Oriente.

Hago un llamado a sus servicios para influir en el gobierno militar del General Hideki Tojo y lograr una reunión cara a cara con el Emperador Hirohito, con el fin de preservar la paz y la amistad entre nuestras dos naciones.

Atentamente,
Charles A. Lindbergh

Reich Chancellery
Berlin, Alemania

<u>SUPER SECRETO</u>

12 de enero de 1942

Presidente Willkie:

He considerado cuidadosamente su solicitud. Entiendo sus preocupaciones y estoy de acuerdo en que una cumbre pacífica sería deseable.

Dado que tengo una buena relación laboral con el General Tojo, he tomado las medidas necesarias para obtener una respuesta positiva del Emperador japonés. Le aconsejo que extienda una invitación para reunirse con el Emperador Hirohito en algún lugar del Reino del Pacífico.

Atentamente,

Adolf Hitler

OFFICE OF VICE PRESIDENT
EE. UU.
Washington, D.C.

9 de enero de 1942

Emperador Hirohito:

Como líderes de los dos países más poderosos a lo largo del borde del Pacífico, sugiero que nos reunamos para discutir todos los asuntos de interés mutuo, como seguridad, cultura e inversiones. Si está de acuerdo, estoy dispuesto a encontrarme contigo en la región del Pacífico.

Atentamente,

Charles A. Lindbergh

6 de febrero de 1942

Estimado Sr. Lindbergh:
Sería un honor reunirse con el vicepresidente de los Estados Unidos. Estoy de acuerdo con su agenda "abierta". Debido a la costumbre histórica, un Emperador no puede abandonar su tierra natal. Una cumbre de dos días en la isla de Okinawa los días 9 y 10 de marzo es aceptable.

Emperador Hirohito

MANILA HEMP

| Caluroso | Manila, Filipinas | 11 de Marzo de 1942 |

¡FILIPINAS RECIBE INDEPENDENCIA!

En la cumbre del Pacífico en Okinawa, el vicepresidente Lindbergh le dijo al Emperador Hirohito que pediría al Congreso que aprobara la independencia el 1 de enero de 1943. Hirohito aseguró a Lindbergh que Japón respetaría la soberanía de Filipinas siempre y cuando permaneciera neutral.

Otros acuerdos fueron:

1. Respetar la soberanía mutua.

2. No interferir en los asuntos internos y externos.

3. Garantizar la seguridad de los estadounidenses que vivieran o visitaran Asia.

4. Las fuerzas militares estadounidenses permanecerán al este de la isla Wake.

5. Japón respetará los derechos de los países neutrales.

6. Expandir el comercio e intercambios culturales.

EDICIÓN EN INGLÉS

| Lluvia | Pekín, China | 9 de Septiembre de 1942 |

EL DECLIVE DE CHINA SE ACERCA

¡La larga guerra de China con Japón está casi terminada! Las fuerzas japonesas han estado capturando muchas ciudades grandes y centros de comunicación. Las fuerzas navales japonesas mantienen un bloqueo completo de todos los puertos marítimos de la costa Este. El presidente Chaing K'ai-shek ha trasladado su gobierno nacional al interior de China.

Japón ha ofrecido crear un consejo unificado de China con la intención de transformar China en un protectorado japonés.

TOKYO 🌅 RISING SUN

EDICIÓN EN INGLÉS

| Sol | Tokio, Japón | 20 de Enero de 1943 |

10 AÑOS DE HOSTILIDADES SINO-JAPONESAS CONCLUYEN CON VICTORIA
CHINA: PROTECTORADO JAPONÉS
SE DECLARA LA "NUEVA ORDEN"...

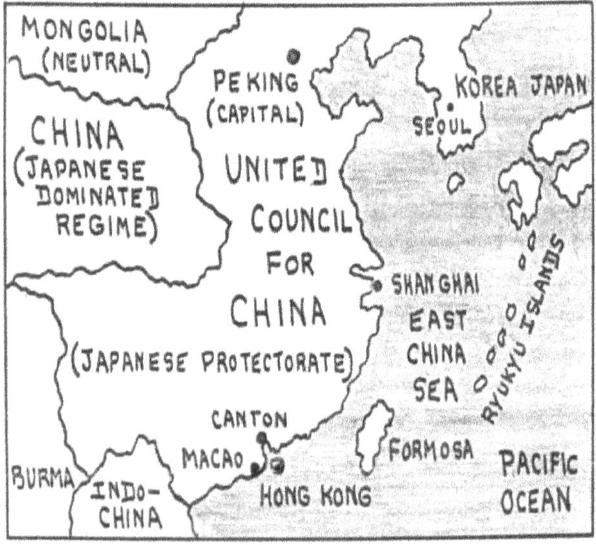

CONQUISTA DE CHINA POR JAPÓN
COREA – BIRMANIA – INDOCHINA
EN LA GUERRA DEL PACÍFICO

EDICIÓN EN INGLÉS

| Gélido | Tokio, Japón | 7 de Febrero de 1943 |

RENDICIÓN MILITAR SOVIÉTICO-SIBERIANA ANTE EL PODEROSO EJÉRCITO Y ARMADA DEL

Después de un bloqueo y asedio de seis meses a la base naval soviética en Vladivostok, el almirante Vladimir Chuikoff solicitó un armisticio. El Ministerio de Guerra Imperial aceptó solo si el ejército soviético se rendía también. El almirante de la flota Chuikoff telegrafió a Tokio que todas las fuerzas se entregarían, siempre y cuando se les permitiera regresar a la Tierra Eslava Libre cerca de los Urales.

Japón aceptó, siempre que todos se desarmaran. El armisticio estaba programado para las 0900 horas del 6 de febrero de 1943.

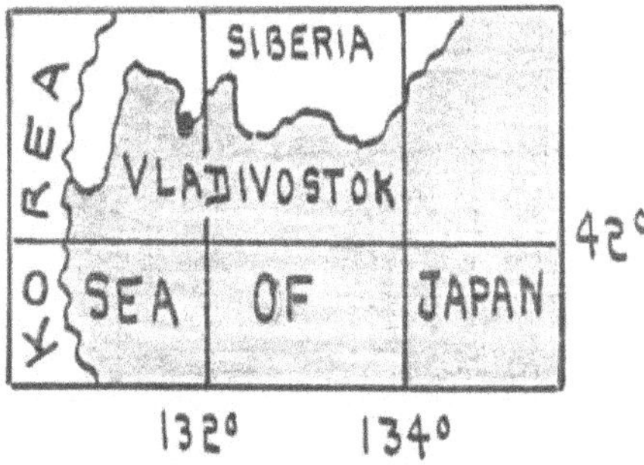

JAPÓN: SUPERPOTENCIA DE ASIA

ASIA DEL EXTREMO ORIENTE: 1943

EJE DE PODER - JAPÓN
NACIONES NEUTRALES:
AUSTRALIA - NUEVA ZELANDA - TAILANDIA
INDIA - MONGOLIA - FILIPINAS

RESUMEN

Exodo Judio

Una de las más altas prioridades del Vicepresidente Charles Lindbergh fue su preocupación por el bienestar de todos los judíos europeos. Instó a los alemanes en la conferencia de Estocolmo a aceptar la Declaración Balfour de 1917. Nuevamente, en la cumbre de los Azores con Hitler, Lindbergh insistió en que el asunto se incluyera en la Carta del Atlántico. Dado que Hitler admiraba a Lindbergh, aceptó una solución humanitaria para el dilema."

Budapest | Twins

EDICIÓN EN INGLÉS

Soleado   Budapest, Hungría   7 de Mayo de 1943

TRATADO DE ÉXODO PARA LOS JUDÍOS EUROPEOS

Diplomáticos de las potencias del Eje europeas, naciones neutrales, el Congreso Judío Mundial y la Cruz y Media Luna Roja Internacional se reunieron en Budapest para elaborar un plan de éxodo para los judíos de Europa.

<u>TÉRMINOS DEL ACUERDO:</u>

1. Los judíos tendrán tres opciones:
   a. Vivir en enclaves europeos designados como seguros y protegidos,
   b. Emigrar a un país neutral, o
   c. Vivir en la sección de la Patria Judía en la Palestina Turca.
2. Las naciones neutrales proporcionarán fondos y barcos para evacuar a los judíos de Europa.
3. Las potencias del Eje transportarán a los judíos a cuatro puertos de embarque.
4. Turquía administrará la autoridad civil tanto para los árabes de Palestina como para la Patria Judía, de acuerdo con las disposiciones de la Declaración Balfour de 1917.
5. La Cruz Roja y la Media Luna Roja supervisarán todas las condiciones de vida.
6. La ciudadanía judía será otorgada por Turquía después de 3 años de residencia en la Patria."

CONGRESO JUDÍO MUNDIAL

| Cálido | Ginebra, Suiza | 8 de Mayo de 1943 |

HISTÓRICO ACUERDO EN BUDAPEST

Los judíos europeos tendrán tres opciones para una nueva vida:

1. Enclaves seguros y protegidos
2. Derecho a emigrar
3. Éxodo hacia la Patria

Las potencias del Eje transportarán a los judíos del éxodo desde cuatro puertos de embarque:

Rotterdam - Trieste

Marsella - Estambul

EDITORIAL

El Congreso Judío Mundial desea reconocer el papel significativo que tuvo el vicepresidente Charles A. Lindbergh en nuestro caso:
Tratado de Estocolmo
Carta del Atlántico

Union Panamericana

Washington, D.C.   5 de Junio de 1943

APELACIONES DE LINDBERGH A LAS NACIONES NEUTRALES PARA APOYAR A LOS JUDÍOS EUROPEOS

En la 10ª Reunión Anual de la Conferencia Panamericana en Lima, Perú, el vicepresidente Lindbergh instó a todas las naciones neutrales a comprometer ayuda financiera para millones de judíos que buscan asegurar una nueva vida segura. Animó a los 21 países panamericanos a establecer un fondo internacional de asistencia judía que sería administrado por la Unión Panamericana en Washington, D.C. Los fondos serán asignados por la Cruz Roja Europea en Ginebra, Suiza.

> LA AYUDA FINANCIERA
> COMPENSARÁ A LOS JUDÍOS

OFICINA DEL VICEPRESIDENTE

EE. UU.

Washington, D.C.

7 de Junio de 1943

Sr. Neville Chamberlain:

En la reciente Conferencia Panamericana, insté a las 21 naciones neutrales a comprometer ayuda financiera para los judíos europeos como forma de compensación por la pérdida de sus bienes y propiedades debido a la reciente guerra. ¡La respuesta positiva fue notoria! Como Primer Ministro de Gran Bretaña, le insto a que apelen a todas las naciones neutrales de Europa para unirse a los estados americanos en esta noble causa.

Quedo a su disposición,

Charles A. Lindbergh

CONFERENCIA DE ESTAMBUL SOBRE LAS PATRIAS
PARA JUDÍOS Y ÁRABES EN PALESTINA

Según lo indicado por los acuerdos de Budapest, Turquía está encargada de administrar la autoridad civil en Palestina. La Conferencia de Estambul, que duró diez días y a la que asistieron diplomáticos de la Liga Árabe, el Congreso Judío Mundial y la Oficina de Asuntos Exteriores de Turquía, estableció límites específicos para las ciudades judías y árabes. También se acordó que Jerusalén será una "ciudad abierta" para todas las religiones, pero administrada por un consejo tripartito compuesto por 3 judíos, 3 árabes y 3 turcos del gobierno de Ankara. La administración civil de ambas patrias se concede al Consejo Tripartito. Todas las acciones del Consejo estarán sujetas a revisión por parte del gobierno turco.

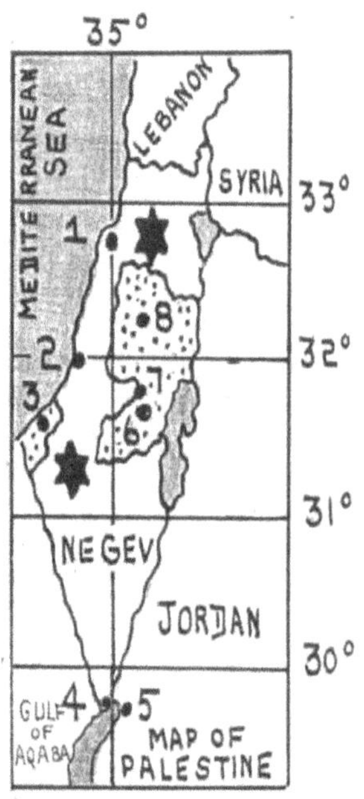

KEY TO MAP

 ARABS

 JEWS

1. Haifa 2. Tel Aviv 3. Gaza
4. Elat 5. Aqaba 6. Bethlehem
7. Jerusalem 8. Nabulus

Edición En Inglés

| Despejado | Estocolmo, Suecia | 5 de Mayo de 1944 |

Comité del Premio Nobel:

PREMIO NOBEL DE LA PAZ

1944

OTORGADO A

CHARLES A. LINDBERGH

VICEPRESIDENTE DE LOS EE. UU.

LOGROS:

PLAN DE ÉXODO PARA LOS JUDÍOS
TRATADO DE ESTOCOLMO - '40
CARTA DEL ATLÁNTICO - '41
FONDO DE AUXILIO JUDÍO - '43"

RESUMEN

Gobierno Mundial

Con las potencias del Eje controlando el hemisferio oriental y las Naciones Neutrales controlando el hemisferio occidental, hubo un llamado en ambos lados para construir un puente de confianza que los conectara. Los líderes del Eje estuvieron de acuerdo y crearon un Gobierno Mundial en Dresde, Alemania, que se conocería como la Organización de Estados Supremos.

O.S.S.

TURQUÍA: POTENCIA DEL EJE EN EL CERCANO ORIENTE!

CERCANO ORIENTE - 1943

POTENCIAS DEL EJE
ITALIA - BULGARIA
TURQUÍA - UCRANIA

NACIONES NEUTRALES
ARABIA SAUDITA - IRÁN
AFGANISTÁN

PALESTINA
(1) PATRIA PARA LOS JUDÍOS
(2) PATRIA PARA LOS ÁRABES

ROME FASCIST

EDICIÓN EN INGLÉS

Soleado	Roma, Italia	10 de Junio de 1943

TRATADO DE ROMA DIVIDE ÁFRICA

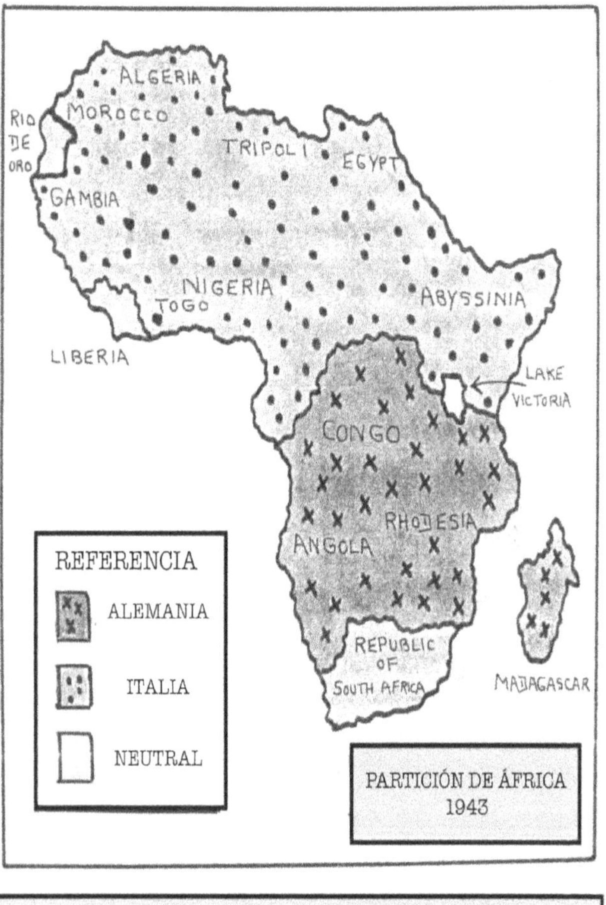

¡GRAN DÍA PARA NUESTRO DUCE!

| Caluroso | El Cairo. Egipto (Italia) | 20 de Junio de 1943 |

EGIPCIOS NOMBRADOS PARA EL CONTROL DEL EJE DEL CANAL DE SUEZ

Antonio Girese, Alto Comisionado de la Provincia Italiana de Egipto, anunció que el recién creado Consejo de la ASCA estará compuesto por 5 miembros, 3 designados por Roma y 2 por nuestro gobierno en El Cairo. El Consejo administrará las operaciones diarias del Canal de Suez. Todos los ingresos se dividirán: un 60% irá a Roma y un 40% a El Cairo.

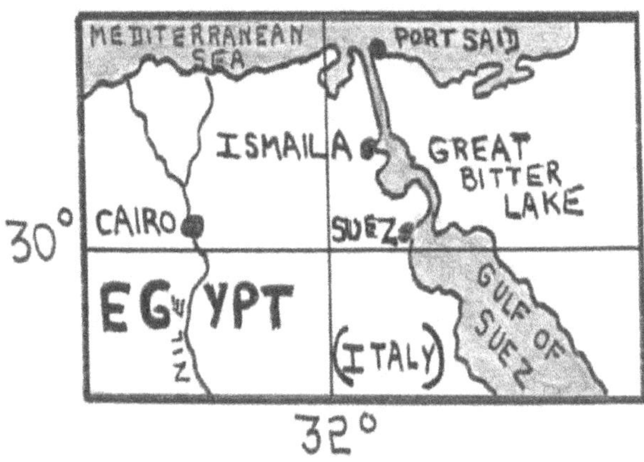

CALIDO   DRESDEN, ALEMANIA   6 DE OCTUBRE DE 1943

ESTADOS SUPREMOS
CARTA

Hace seis semanas, el Führer invitó a líderes de las potencias del Eje y naciones neutrales a Dresde para crear una organización global. Hoy, las 50 naciones firmaron el Tratado de Dresde, creando la O.S.S., Organización de Estados Supremos.

CARTA DE LOS ESTADOS SUPREMOS:

1. Asamblea de Estados

2. Consejo de Seguridad, con 6 miembros permanentes: Germania, Italia, Japón, Finlandia, Ucrania y Turquía, y 7 miembros no permanentes elegidos por la Asamblea para un mandato de 3 años.

3. Los procedimientos, funciones y poderes se describen en los artículos 3-21.

DRESDEN PULSE

EDICION EN INGLES

CALIDO · DRESDEN, ALEMANIA · 6 DE JUNIO DE 1944

ESTADOS SUPREMOS SE DEDICA LA SEDE MUNDIAL

EL SEÑOR HITLER CORTARÁ LA CINTA PARA INAUGURAR LAS INSTALACIONES DE LA O.S.S. A DELEGADOS DE 50 NACIONES Y VISITANTES DE TODO EL MUNDO

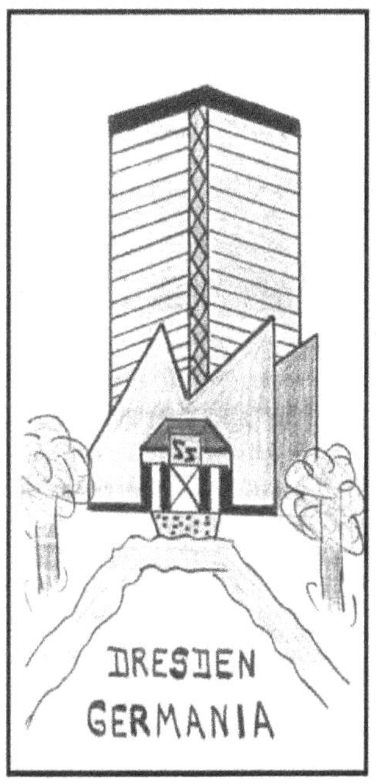

Boston Patriots

5¢

Cálido — Boston, Massachusetts — 15 de Junio de 1944

DERECHOS HUMANOS PARA LAS PERSONAS OCUPADAS APOYADOS POR LA

La Asamblea de Estados de los Estados Supremos en Dresde, Germania, adoptó la resolución estadounidense que insta al Consejo de Seguridad de la O.S.S. a establecer una Comisión de Derechos Humanos. La Comisión HRCOP estaría encargada de redactar una carta de derechos humanos que se presentará a la Asamblea de Estados para su acción final antes del 1 de octubre. ¡La Asamblea aprobó la resolución estadounidense: 39 votos a favor y 11 en contra!

DRESDEN PULSE
EDICION EN INGLES

CALUROSO · DRESDEN, ALEMANIA · 21 DE JUNIO DE 1944

INVIERNO PERMANENTE - ALDEAS OLÍMPICAS DE VERANO PARA 1948 APROBADAS POR

RESUMEN

Germania

Adolf Hitler, el nuevo Napoleón de Europa, imaginó y expandió Alemania para ser llamada - ¡Germania!

Este nuevo centro de poder europeo se convertiría en un crisol de arios y nacionales derrotados: franceses, belgas, neerlandeses, daneses y polacos. Hitler nunca tuvo simpatía por los prusianos de Berlín, así que decidió construir una nueva capital en Nuremberg. Para demostrar su amor por el arte, Hitler ordenó la construcción de un centro de arte que reflejara el arte mundial. Le pidió al Presidente Willkie que seleccionara el arte para el ala estadounidense."

¡GERMANIA GOBIERNA EUROPA!
UN REGALO DE CUMPLEAÑOS

Europa - 1943

POLENCIAS DEL EJE:
GERMANIA - ITALIA - TURQUÍA - HUNGRÍA -
RUMANÍA - BULGARIA - UCRANIA
NACIONES NEUTRALES:
REINO UNIDO - IRLANDA - SUECIA - ESPAÑA -
PORTUGAL – SUIZA
REGÍMENES DOMINADOS POR ALEMANIA:
VICHY - NORUEGA

4 de julio de 1944

Presidente Willkie:

Como sabrá, la nueva capital de Germania es ahora
Nuremberg. Para celebrar la apertura de nuestro Centro
Nacional de Artes el 15 de agosto de 1944, consideraría un
honor que seleccionara 20 o 30 retratos de estadounidenses
trabajando o disfrutando para ser exhibidos en el ala
estadounidense de nuestra galería de arte.

Atentamente,

Adolf Hitler

LA CASA BLANCA
WASHINGTON, D.C.

9 de julio de 1944

Canciller Hitler:

Gracias por su amable invitación. He consultado
con nuestra Comisión Nacional de Artes, y han
seleccionado a un joven y talentoso artista que
tiene una maravillosa colección llamada 'Buena
Vida'. Su Comisión de Artes debería recibir, en un
plazo de dos semanas, 20 a 30 piezas de su arte,
mostrando escenas de la vida estadounidense. La
exhibición debería complacerle.

Quedo a su disposición,

Wendell Willkie

GALERÍA DE ARTE DE GERMANIA

EL ALA AMERICANA PRESENTA
7 de septiembre – 5 de noviembre de 1944

BUENA VIDA
EXPOSICIÓN DE RETRATOS
ARTISTA ESTADOUNIDENSE
COURTNEY CHRISTOPHER AMERSON

Jazz de Nueva Orleans	Hombres Elegantes de G.Q.
Cantantes Ilimitados	Sombras
Bailando en Nueva York	Estilo de Pelo del Medio Oeste
Buenos Amigos	Esculturas
Damas Elegantes	Realeza del Mardi Gras

GALERIA DE ARTE DE GERMANIA

Good Life
Good Life
Jazzy

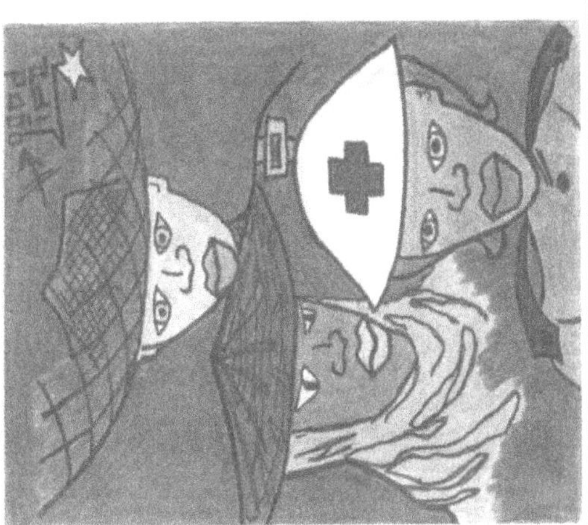

good life
good life

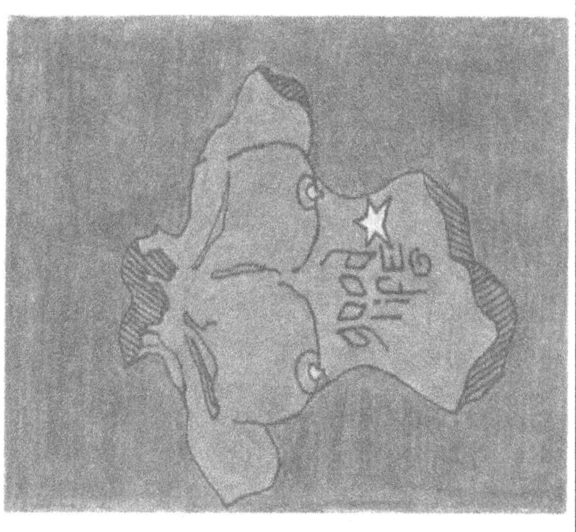

good life

good life

GALERIA DE ARTE DE GERMANIA

RESUMEN

De vuelta a la realidad

En la mañana del 8 de agosto de 1936, la larga noche de "fantasía distorsionada" de Adolf Hitler llegó a un abrupto final cuando fue despertado por su asistente. Después de un abundante desayuno alemán, se dirigió al estadio olímpico con la expectativa de ver a sus arios ganar más medallas de oro. Sin embargo, un atleta destruyó su deseo de ver más victorias nórdicas, ese atleta fue: ¡Jesse Owens!"

PITTSBURG HARDHATS

5¢

Caluroso   Pittsburgh, Pensilvania   9 de Agosto de 1936

¡JESSE OWENS GANA ORO!

UN VERDADERO HÉROE AFROAMERICANO
JESSE GANA CUATRO MEDALLAS DE ORO EN LOS JUEGOS OLÍMPICOS DE BERLÍN

LAS IMPRESIONANTES VICTORIAS DE OWENS, GANADAS EN LA ALEMANIA NAZI, SON UN SALUDO AL ORGULLO NEGRO Y UN GOLPE A LA SUPERIORIDAD DEL PUEBLO ARIO.

Carrera de 100 metros
10.3 segundos

Carrera de 200 metros
20.7 segundos

Salto de longitud
26 pies, 5 ¼ pulgadas

Relevo 4x100 metros:
39.8 segundos
Owens
Metcalf
Draper
Wykoff

COMITÉ OLÍMPICO INTERNACIONAL

RESULTADOS OLÍMPICOS DE BERLÍN 1936		
CLASIFICACIÓN	ORO	TOTAL
1 ALEMANIA	33	89
2 EE. UU.	24	56
3 HUNGRÍA	3	16

CITIUS, ALTIUS, FORTIUS

Motto Olímpico
Más rápido, Más alto, Más

ADIOS BERLÍN - 1936

Y...

HOLA TOKIO - 1940!

EPILOGO

Aunque el mal pudo haber dado a la Alemania nazi, a corto plazo, la victoria de ganar la mayoría de las medallas de oro y totales en los Juegos Olímpicos de Berlín, a largo plazo, el bien triunfó gracias a los logros de Jesse Owens. Owens desacreditó el mito de la superioridad de la raza nórdica-aria propuesto por Adolf Hitler.

Muchos años después, los buenos ciudadanos de la Alemania posterior al nazismo reconocieron el Espíritu Owens al nombrar una calle y una escuela en Berlín en su honor.

Los apretones de manos pendientes se llevaron a cabo en una Reunión Olímpica de Berlín.